나는 어떤 씨앗일까

What kind of seed am I ?
私は どんな種なんだろう？
Tôi là loại hạt giống gì ?

여는글

공감과 연결의 소중한 시간

이 시집은 문해력과 문장력을 기르기 위하여 진행한 수업의 결과물입니다. 학년 별로 일주일에 두 시간씩 아이들과 만나 읽기 말하기 글쓰기를 하였습니다. 학기 중에는 시와 동시를 읽고 이야기 나누고 시 쓰기와 시 감상 글을 썼고, 방학 중에는 그림책과 동화, 옛이야기와 단편소설을 낭독하고 이야기 나누고 글쓰기를 하였습니다.

짧은 시간에 가장 긍정적인 효과를 얻을 수 있었던 것은 시와 동시 수업이었습니다. 시는 함축적이고 은유적이라는 특징을 학생들은 잘 인지하였고, 행간의 생략된 부분을 상상하며 사고의 폭을 넓힐 수 있었으며 나아가 시 쓰기까지 발전할 수 있었습니다.

문학 작품을 감상하는 과정에서 재미를 느끼고 감동했습니다. 소설의 갈등을 통해 나, 친구, 선생님을 즉 나와 타자의 삶을 이해하게 되었고 한창 감수성 예민한 시기의 아이들에게 좋은 작품을 많이 접할 수 있는 계기가 되었습니다.

수업을 진행하면서 아이들이 창작한 작품들을 모아 시집으로 엮게 되었습니다. 아이들은 시를 어려워하기보다는 '나도 내 이야기를 시로 쓸 수 있구나' 하는 생각을 하게 되었고, 시와 산문을 쓰면서 스스로 내면을 진실하게 드러냈습니다. 솔직하고 진솔한 아이들의 글을 보면서 그들이 어떤 생각을 하고 있고 무슨 고민을 하는지 알 수 있었고 서로 더 가까워질 수 있었습니다.

이 시집의 자랑은 중학생인 아이들의 삶이 투명하게 보이는 것이고, 아이들 자신의 목소리로 말한 것입니다.

한 사람이 세 편씩만 싣기로 하여 아이들의 소중한 시를 더 많이 수록할 수 없는 아쉬움이 크지만, 베트남어 일본어 영어로 번역하여 게재하면서 아이들이 서로 공감하고 연결되어 있다는 것이 어떤 것인지를 경험하는 소중한 시간이었습니다.

즐겁게 시와 함께한 아이들과 늘 따뜻한 말씀 주신 송경미 교장 선생님께 감사드립니다. 이 시집이 출간되기까지 까다롭고 손이 많은 가는 일들을 맡아주신 도진숙 선생님께 감사드립니다.

문학반 강사 박덕희

차례

1. 소리가 들리는 시

2. 마음으로 읽는 시

1. 소리가 들리는 시

무지개

김선경

롤러코스터는 무섭지 않아요
한번 와본 적이 있거든요
높은 곳에 올라가도 무섭지 않아요
한번 높은 곳에 올라간 적이 있거든요

한번 해 본 것은 무섭지 않아요

사실 나는
나를 잘 모르는 것 같아요

나는 몇 가지의 색이 있을까요?

무지개는 자신을 잘 알고 있나요?

괜찮아요

이제부터라도 조금씩 조금씩 내가 좋아하는 걸

찾으면 되니까요

괜찮아요

조금씩 조금씩 내가 싫어하는 걸 찾으면 되니까요

몇 가지 색이 나일까요?

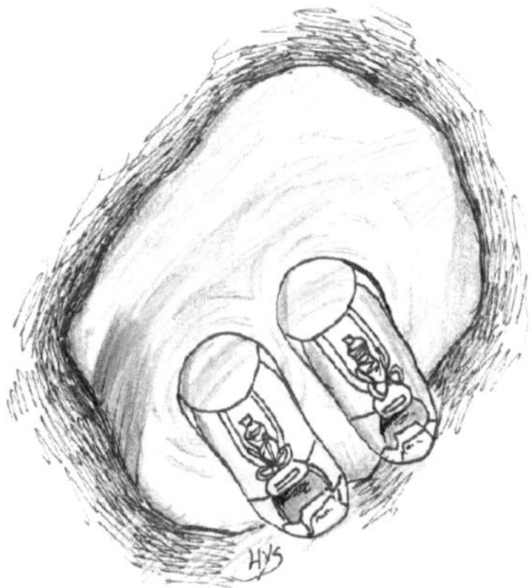

낭송 1학년 김선경

Rainbow

I'm not scared of riding a roller coaster
'Cause I' ve ridden it before.
Even if I climb very high
'Cause I've been there before.

I'm not scared of what I've done before.

I really don' t think
I know 'me' very well.

How many colors do 'I' have?

I' m okay
From now on,
Little by little,

I'll find what I like.

Little by little,
I'll find what I hate.

How many colors do 'I' have?

낭송 3학년 김성실

친구

김유성

성난 친구
툭 건드려보니
투덜투덜거리는 채
단단히 뭉쳐져
꼼짝도 안 한다

무거운 기분이 풀려난 친구는
저만큼 뛰어가
운동장 한복판에 푹 넘어졌다
친구의 감정
아픔도 있고
창피함도 있고
또....

낭송 1학년 김유성

Người bạn

Người bạn giận dữ
Chạm Vào thử thì thấy
Nó kêu ca và bị
Dính cục lại
Không nhúc nhích gì cả

Một người bạn mà những cảm xúc nặng nề
đã được giải tỏa
Chạy xa thế
Tôi ngã xuống giữa sân chơi
cảm xúc của người bạn
Cũng có nỗi đau
Cũng có sự xấu hổ
Mà còn....

낭송 2학년 박현주

나는

박해미

개구리를 싫어해요
징그럽거든요
노래 듣는 걸 좋아하고
무서운 건 싫고 어두운 건 좋아요
사실 나는
나를 잘 모르는 것 같아요
안 해 본 것도 많고 모르는 것도 많으니까요
언제쯤 나를 알 수 있을까요
무엇을 더 해봐야 할까요
무서워요
내가 무엇을 더 해야 할지 모르니까요
몇 가지나 알아야 나를 다 아는 걸까요?
나는

낭송 1학년 박해미

Tôi là

Tôi không thích ếch
Nhìn ghê lắm
Tôi thích nghe nhạc
Tôi không thích những thứ đáng sơ,
tôi thích những thứ đen tối
Thực ra hình như tôi
Tôi không biết rõ về bản
thân tôi thì phải
"Có rất nhiều điều tôi chưa làm và rất
nhiều điều tôi chưa biết
Khi nào thì bạn biết tôi?
Tôi nên làm gi nữa?
Sợ quá đi
Vì tôi không biết phải làm gì nữa
Tôi cần biết bao nhiêu điều để biết mọi

thứ về bản thân minh?

Tôi là

낭송 2학년 이봉호

7

이예린

행운의 숫자라서가 아니라

그냥 좋아서

무지개가 7가지 색이라서가 아니라

그냥 좋아서

내 생일이 4월 27일이라서가 아니라

그냥 좋아서

너처럼

낭송 1학년 이예린

7

幸運な　数字だから　ではなく

ただ　好きだから

虹が　七色だから　ではなく

ただ　好きだから

私の　誕生日が　4月27日だから　ではなく

ただ　好きだから

あなたのように。。。

낭송 2학년 이유로

매미

이정인

zl융zl융 ZZZZZZZZ
시끄럽게 울어대는 매미

다른 사람과 대화를
못하게 만들어 버리는 매미

SS삐융 SS삐융 SSSSSS
짝을 찾고 싶어 울어대는 매미

그래도 나와 다른 사람들이 영어 듣기 시험 잘 할 수 있게
조용히 해줬으면 좋겠다

낭송 1학년 이정인

蝉

ジリジリジリジリ。。ジリジリジリジリ。。。
うるさく　鳴く　蝉

他の　人との　会話を
出来なくする　蝉

ミンミンミンミン。。。ミンミンミンミン。。。
仲良しを　見つける為に　鳴く　蝉

でも　私や　他の人の　英語のリスニング
のテストが　よく出来るように
静かに　してくれら　いいのに

낭송 2학년 이유로

뱁새

한연수

얇은 나뭇가지에 힘없이 매달려 있는 솜뭉치
쫑쫑쫑 친구들과
나뭇가지에서 수다를 떤다
그러다, 팍, 하고 작은 날개를 펼친다
하늘을 가르며 작은 발로 애벌레를 획, 잡아챈다
그리고서는 백로 옆에 자리를 잡는다
큰 새 옆에서도 기죽지 않는
용감한 작은 새
뱁새

낭송 1학년 한연수

Crow–tit

A cotton ball hanging weakly on a thin tree branch.
With its friends moving the lips
Chatting on tree branches
Then, it suddenly flaps and spreads its small wings.
Flying through the sky
It snatches up caterpillars with its small feet.
Then it takes a seat next to the big bird
Not discouraged even next to it.
Brave little bird
Crow–tit

낭송 3학년 김성실

나는 종이

구효선

나는 종이 같아요
한 번 베면 찢어지는 종이같이
상대방이 툭 던진 말 한마디에 찢어지거든요

나는 종이 같아요
아무리 다른 색으로 꾹꾹 채워봐도 빈틈이 남는 종이
아무리 열심히 해도 꼭 빈틈이 남거든요

나는 종이 같아요
한 번 구겨지면 잘 펴지지 않는 종이
한 번 구겨지면 잘 펴지지 않는
나 같거든요

낭송 2학년 구효선

I Am Paper

I feel like paper.
Like paper that tears when cuts once,
I'm torn apart by a single word from the other person.

I feel like paper.
No matter how many times I fill it with different colors,
Paper leaves gaps.
No matter how hard I work,
There will always be gaps.

I feel like paper
Once wrinkled,
Paper does not straighten well.

Once crumpled,

I don't straighten out easily.

Because it's like me.

낭송 3학년 김성실

보름달

김규리

보름달이 뜨는 날이면
마당으로 달려간다

달려가
소원 빈다

달님, 달님
맛있는 달고나 먹고 싶어요
달님, 달님
귀여운 강아지 키우고 싶어요

반짝반짝
반짝반짝

보름달님 내게 소원을 비신다

땅에 내려서고 싶다고

낭송 2학년 김규리

The Full Moon

When the full moon rises,
I run to the yard.

Runnig
I make a wish.

Lovely moon, lovely moon
I wanna eat delicious Dalgona.
Lovely moon, lovely moon
I wanna raise a cute puppy.

Twinkle twinkle
Twinkle twinkle

The full moon makes a wish for me,
"I wanna get down to the ground."

낭송 1학년 이예린

불

김민재

엄마랑 싸우고 방으로 들어왔다

그때 방문이 세게 닫혔다

화르르륵 불씨가 일었다

엄마 방이 타고 있었다

매케한 연기가 새어 나왔다

낭송 2학년 김민재

火

お母さんと　喧嘩して　部屋に　戻った

その時　他の部屋の　ドアが　強く　閉まった

ごうごうと　火が　ついた

お母さんの　部屋が　燃えていた

辛辣な　煙が　漏れてきた。。。

낭송 2학년 이유로

오렌지에게

박나현

단단한 껍질을 벗겨내자
뭉쳐있는 알맹이가 있었기에
그걸 펼쳐야 널 알 수 있었다
그래서
난 그걸 힘으로 펼치려 들었고
비로소 나는 껍질도, 알맹이도
너의 일부였음을 깨달았다
그리고 달콤하고 새콤한 너를 만날 수 있었다

낭송 2학년 박나현

Orange

Peeling off its hard shell
There are clusters of orange kernels.
Unfolding them
I get to know you
Spreading it by force
I meet its shell and kernels.
I realize both of them are parts of you.
And I am able to meet sweet, sour you.

낭송 1학년 이예린

시험

박재현

지금까지의
노력을 끝내는 것

나의 실력을
알게 되는 것

미역국을 먹으면
미끄러진다, 떨어진다

안 믿던 미신을
믿게 되는 것

이 모든 것을
증명하는 것

낭송 2학년 박재현

試験

今までの

努力を　終わらせる　こと

私の　実力を

知る事が　できる　もの

ワカメスープを　食べると

滑る。落ちる。

信じていなかった　迷信を

信じらるようになる　こと

この　すべての　ことを

証明することができる　もの

낭송 2학년 이리옹

동동이

박현주

우리 동동이는요
나에게 말을 많이도 배웠어요

"동동아, 누나가 말하면 대답해야지!"
"그래멍, 알겠다고멍."

우리 동동이는 무슨 말을 하는지 모르겠지만
제 말끝마다 짖는 걸 보니
제가 생각하는 것과 아마 뭐 비슷하지 않을까요

"동동아, 산책 갈까?"
"조아멍!! 가자멍!!"

근데 다음 날 아침에 일어났는데
동동이가 안 보이고

한 트럭 꼬리가 보였어요

순수한 나머지 동동이가 떠난 줄 모르고

마냥 웃으며

"할머니, 저 트럭 뭐야?" 물었어요

동동이가 우리 집을 떠났나 봐요

이젠 하늘 위 환한 햇살 같던 동동이의 목소리를

들을 수 없어 속상해요

낭송 2학년 박현주

Dongdong à

Dongdong của chúng ta à?
Tôi Đã học được rất nhiều điều từ bản thân

"Dongdong à, chị nói thì em phải trả lời chứ!"
"Được rồi, tôi biết rồi, gâu"

Mình không biết Dong dong của chúng ta
đang nói gì nữa nhưng
mỗi khi mình nói xong nó lại
xủa có lẽ nó giống với suy nghĩ của mình

“Dong dong à, Chúng ta đi dạo nhé?"
“Thích quá ,gâu!! đi nào gâu!!“

Nhưng mà sáng hôm Sau khi thức dậy thì
không thấy Dong dong

mà chỉ thấy đuôi xe tải
Ngây thơ đến nỗi không biết Dongdong đã
bỏ đi, chỉ cười và hỏi
"Bà ơi, xe tải kia là gì vậy?"
Hình như Dongdong đã rời khỏi nhà mình
rồi phải không ạ

Giờ thì không thể nghe thấy giọng của
Dongdong như ánh nắng chói
chang trên bầu trời nữa nên buồn quá.

낭송 2학년 박현주

토끼 잡는 날

신동역

옆집 리옹이가
토끼를 잡으러
사다리를 탔다
산으로 안 가고
사다리 타고 위로 위로 올라가기만 하더니
결국 사라져 버렸다
감감
무소식이다

낭송 2학년 신동역

ウサギを捕まえる日

隣の家の　リオンが'
ウサギを　捕まえに
梯子に　登って
山に　行かずに
梯子で　上へ上へ上　がって　行って しまった
結局　消えて しまった
便りが全くなく
音信不要だ。。。

낭송 2학년 이유로

시험비

엄다희

시험 치고 난 오후
하늘에서 비가 내린다
주룩주룩 계속 온다
비를 막아줄 우산이 없다
시험지가 비에 계속 젖는다
시험지도 많이 속상했나 보다
앞으로는 속상하게 하지 말아야겠다고
다짐하고 다짐했다
그렇게 시험 친 날은
내 마음도 시험지도 다 젖어 버렸다

낭송 2학년 엄다희

The Test Rain

The afternoon after taking the test,
The rain falls from the sky,
Streaming down.
There is no umbrella to block the rain
The test paper keeps getting wet in the rain.
It seems to have been very sad.
From now on, I won't make it sad ...
I promise and promise
The day I take the test like that
My heart and test paper become wet and wet.

낭송 3학년 김성실

보름달

이리옹

달에 가면 토끼와, 동역이랑 나
셋이서 놀고
달에 가면
함께 떡을 만들고
달에 가면
같이 축구를 하고
달에 가면
셋이서 날아다닌다
달에 가는 방법은
도라에몽의 어디로든 문으로 간다

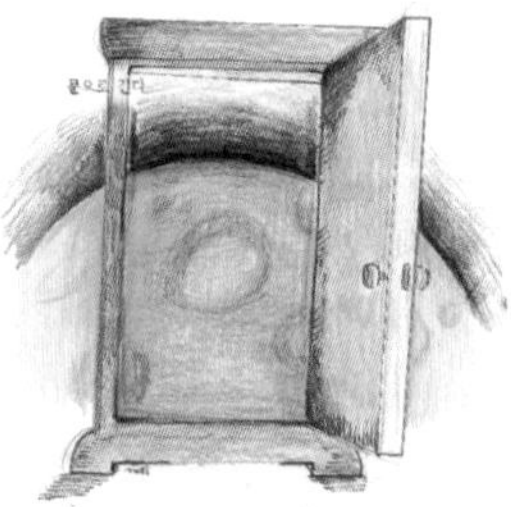

낭송 2학년 이리옹

満月

月に　行ったら　ウサギと　ドンヨンと　私
３人で　遊んだり
月に　行ったら
一緒に　お餅を　作ったり
月に　行ったら
一緒に　サッカーを　したり
月に　行ったら
３人で　飛びっ回ったり
そんな月に　行く　方法は。。。
ドラえもんの　どこでもドアで　行くんだ

낭송 2학년 이리옹

노을과 홍시의 관계

이봉호

홍시 빛 하늘에
떠 있는 둥그런 해

너무 물러 터질까

조심히 따다
조그만 사기그릇에 담아
숟가락으로 푹 떠먹어 보면

어린 시절
구름 하나 없이
노을 지던 날이면

늘
홍시 한 개
그릇에 담아주시던

어머니가 생각난다

아직도
구름 하나 없이 노을 지는 날이면
어머니의 그릇에 담아주시던 홍시가 생각난다

낭송 2학년 이봉호

Mối quan hệ giữa hoàng hôn và hồng đỏ

Trên bầu trời đỏ
Mặt trời mọc hình tròn

Nó có mềm quá không nhỉ?

Hái cẩn thận
Đặt nó vào một cái bát sứ nhỏ
Nếu bạn ăn nó bằng thìa

Thời thơ ấu
Không một đám mây
Vào một ngày hoàng hôn

luôn luôn
Một quả hồng
Đặt nó vào một cái bát

làm tôi nhớ đến mẹ tôi

vẫn
Khi mặt trời lặn không một gợn mây
Tôi nhớ món hồng đỏ mà mẹ tôi thường
cho vào bát

낭송 2학년 이봉호

정삼각형

이유로

정삼각형은 뾰족하게 앉아 있다 아니
서 있다
아무리 들여다봐도 앉으나 서나 키가 똑같다
앉아! 일어서!
앉아! 일어서!
아무리 건드려도
삼각형은 돌다가 제자리에 딱 멈춘다

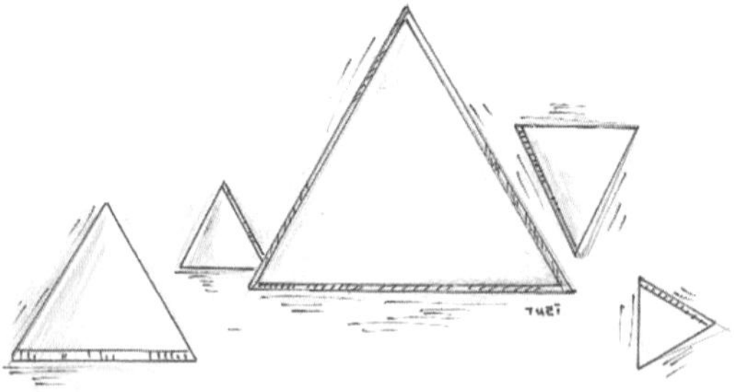

낭송 2학년 이유로

正三角形

正三角形は　尖った　座り方をしている
わけではなく
立って　いるんだ
どんなに　目を凝らして見ても　座ってても
立っていても　背の高さが　同じ
座って！立って！
座って！立って！
いくら　触っても
三角形は　回った後も　その場でぴたりと
止まるんだ

낭송 2학년 이유로

나밖에 모르는 고양이

이채원

아침마다 반겨주는
새끼 고양이
새끼 고양이가
도랑물에 빠졌다
찰바닥, 찰바닥, 찰바닥
너무 힘들어하는 게 보였다
내가 구해주고
씻겨주니
참 좋아했다
작은 머리
작은 어깨
작은 몸통
내 손 안에 고양이가
정말 나밖에 모른다

낭송 2학년 이채원

My Kitty Cat

My kitty cat
Welcoming me every morning
My kitty cat fell into a ditch
With a splash, a splash, a splash,
I saw you struggling so much.
I saved and washed you.
It really felt happy.
Small head
Small shoulders
Small torso
My kitty cat in my hand
It really loves only me.

낭송 3학년 김성실

선물

전효은

소나기가 오고 있어
괜찮아
곧 끝날 거니까

소나기가 내리고 있어
괜찮아
곧 무지개를 만날 거니까

계속 뛰어 갔어
누군가를 만났는데
그 사람은 나에게
우산을 내미는데
그 우산을 쓰고 갔어

괜찮아?

울음이 배여 있는 괜찮아
기쁨이 젖어 있는 괜찮아

그 사람이 선물처럼 건넨

오래전부터
듣고 싶던 말

괜찮아

낭송 2학년 전효은

The Gift I Wanna Hear

A shower is coming
You are okay
'Cause it will be over soon

It's raining
You are okay
'Cause we will meet a rainbow soon

I kept running
I met someone
To me
He held his umbrella
He and I went together under his
umbrella

Are you okay?

Crying crying I' m okay.
In a state of bliss, I' m okay

The gift he gave to me

For a long time
What I have wanted to hear

You are okey

낭송 3학년 김성실

나는 고민이 있습니다

정성환

첫 번째는 저는 경찰 아니면 변호사라는 꿈을 가지고 있는데
어머니가 반대하셔서 고민입니다.
두 번째 저는 연애를 하고 있는데 부모님은 다 허락하시는데
할아버지께서 반대하실까 봐 고민입니다
세 번째 공부를 열심히 해야 하는데
공부가 정말 하기 싫어서 고민입니다
네 번째 부모님이 저를 걱정하는 마음에
제 이야기를 나누다가 싸움으로 번질까 봐 고민입니다
다섯 번째 할아버지는 키가 190센티가 넘는데
저는 키가 안 커서 고민입니다

낭송 2학년 정성환

tôi có một vấn đề

Đầu tiên, tôi có ước mơ trở thành cảnh
sát hoặc luật sư.
Thứ hai, tôi đang có một mối quan hệ và
bố mẹ tôi cho phép.
Tôi lo rằng ông tôi sẽ phản đối.
Thứ ba, tôi phải học tập chăm chỉ.
Tôi lo lắng vì tôi thực sự không muốn học.
Thứ tư là vì ba mẹ lo lắng
cho mình nên khi chia sẽ Câu chuyện
của mình thì sợ là sẽ xảy ra cãi nhau.
ông thứ 5 cao hơn 190 cm, Còn mình thì
không cao lắm.

낭송 2학년 박현주

얼룩말, 세로

제예은

어른들이 말하길 여기 유리창 밖은
천국이라고 했어
나, 갈 거야
나가고 말 거야
나가서 천국도 보고
천국에서 밥도 많이 먹을 거야
그리고 나가면 난 자유야
나, 갈 거야
나가고 말 거야
타이밍을 잘 봐서
인간이 한눈판 틈에

"애들아, 나, 갈게"

낭송 2학년 제예은

ngựa vằn, chân dung

Người lớn nói rằng bên ngoài cửa kính
này
là thiên đường
tôi sẽ đi
tôi sẽ đi ra ngoài
Tôi sẽ đi ra ngoài ngắm thiên đường và
ăn thật nhiều trêu thiên đường.
Và khi tôi ra đi, tôi được tự do
Tôi. tôi đang đi
Xem thời gian cẩn thận
Một con người liếc nhìn bạn

"Các bạn, tôi đi đây."

낭송 2학년 이봉호

시험

지도영

분명 교과서만 보면
100점 받을 수 있다는

선생님들의
거짓말들을 뭉쳐 놓은 것

낭송 2학년 지도영

Bài kiểm tra

Rõ ràng, nếu bạn nhìn vào sách giáo khoa
Bạn có thể nhận được 100 điểm

Những lời nói dối của các giáo Viên được
gộp lại với nhau.

낭송 2학년 박현주

노을

최준혁

매운 찬바람 코끝 스칠 때,
아직은 오지 않은 따뜻한 공기 기다리며

소년, 이른 아침 주름진 손 잡고
옆을 지키며 걸어가네

주름진 손
녹슨 삽, 아직 여린 손 잡고 걸어가네

찬바람 코끝을 떠날 때
감싸던 찬 공기 내 곁을 떠날 때

소년 굽은 등을 바라보네
굽은 등, 노을 진 하늘 보며 걸어가네

낭송 2학년 최준혁

The Sunset

When the bitter cold wind passes by the tip of my nose,
Waiting for the warm air that hasn't arrived yet,

Boy is his holding wrinkled hand early morning,
Walking next to him.

His wrinkled hands is holding a rusty shovel,
Still holding a delicate hand and walking away.

When the cold wind leaves the tip of my

nose
When the cold air that surrouned me
leaves me

Boy looks at the curved fields,
Walking while looking at his bent back,
the sunset sky.

낭송 3학년 김성실

파도이야기

김령승

엄마가 없을 때
혼자 집에서
너무 심심했어요
그래서 파도가
령승이집에 왔어요
강아지 인형과 함께 놀아요
머리를 만져주고
끌어 안기도 해요
밥이랑 물을 주고
똥과 쉬도 치워요
우리는 언제나
함께 해요
나는 파도가 있어서
너무 행복해요

낭송 3학년 김령승

My Cat, 'Wave'

When My mom wasn't at home,
I was alone at home
And so bored.
One day Wave came
To Ryeongseung' s house.
Now with Wave
I play with a puppy doll.
I touch its head
I hug it too
I give rice and water to it
I clean up the poop and shit, too.
We always do everything together.
Wave being with me, I'm so happy

낭송 3학년 김성실

지구라는 씨앗

김성실

지구는 사실 씨앗일지도 몰라요
아직 아무도 발견 못 한 푸른 씨앗이요

지구 안에는 내핵 외핵이 있는 게 아니라
사실은 작고 푸른 새싹이 있을지도 몰라요

언젠가 지구가 심기게 된다면
쑤우 쑥 자라서
지구가 다시 지구를 만들지도 몰라요

낭송 3학년 김성실

地球という 青い種

地球とは。。。 実 は種なのかも
まだ誰も 発券していない 青い種

地球の中には 内核　外核があるのではなく
実 は小さな　青 い芽があるのかも

いつか地球が植えられるようになったら
スクスク育った地球が
また　地球を作るかもうしれない

낭송 2학년 이유로

급식시간

박시우

긴 바늘이 정중앙을
가리킬 때
우리는 준비하고 뛴다

아무도 믿을 수 없는 시간
동지를 어쩔 수 없이 버리며
나 자신을 지키며 뛴다

빨리 도착하는 이들이 말한다

소세지 더 주세요
소시지보다 맛있는 소세지 더 주세요

낭송 3학년 박시우

給食の時間

長い　針が　正午を
指す時
私たちは　準備して　走るんだ

誰も　信じられない　時間
友達たちを　仕方なく　捨てながら
自分自身を　守りながら　走るんだ

早く　そこに着いた　人が　言うんだ

ソーセージ　もっと　ください
ソーセージよりも　もっと美味しい
ソーセージを
もっと　ください

낭송 2학년 이유로

예외

박주환

예외라는 단어가 수천 개가
깔린 영어책

지금도 예쁘지만 더 예뻐지라고
그림을 그려줬다

예쁜 작품이 되었다

그림에 흥미가 많은
우리 반 화가들한테 보여주면 좋겠다

낭송 3학년 박주환

ngoại lệ

Hàng ngàn lời nói ngoại lệ
Đã cài đặt sách tiếng Anh

Em vẫn xinh mà còn xinh hơn nữa
Tôi đã vẽ một bức tranh

Nó đã trở thành một tác phẩm hay

thích vẽ tranh
Tôi ước tôi có thể cho các họa sĩ trong
lớp xem nó.

낭송 2학년 이봉호

일본 덮밥

박현동

음악 샘, 우리 셋을 데리고 스파크랜드에 갔다
배고프다고 우겨서 일본 덮밥을 먹으러 갔다
원래는 1인당 만 원씩만 먹을 수 있었는데
음악 샘은 중2를 쉽게 보고
먹고 싶은 거 다 시키라고 하셨다
선생님의 청량한 말씀 따라
먹고 싶은 것을 청바지 고르듯 골랐다
결국 1인당 4만 원어치를 먹었다
선생님의 눈빛이 미꾸라지 지나간 물결처럼 흔들렸다
내가 너무 잘 먹어서 감동했나 보다
나는 선생님의 표정을 보고
더 많이 잘 먹었다
일본 덮밥 볼 때마다
음악 샘 물결 져 흔들리던 눈빛이 생각난다

낭송 3학년 박현동

Cơm Nhật

Cô giáo âm nhạc, 3 đứa mình đã cùng
nhau đi đến sparkland đói bụng
quá nên đã đi ăn Cơm nhật
vốn dĩ mỗi người chỉ có thể ăn 10 ngàn won
nhưng cô giáo âm nhạc nói là đã dễ dàng
vượt qua năm cấp 2 nên cứ gọi bất cứ
món gì mình muốn ăn.
Theo lời cô giáo bảo,
Tôi chọn những gì mình muốn ăn như là
chọn quần Jean. cuối cùng thì mỗi người
ăn hết 40.000 Won Ánh mắt của cô giáo lay
động như một con Cá chạch chắc là do
mình ăn ngon quá nên cô giáo cảm động.
Nhìn biểu cảm của cô giáo mà mình đã ăn
ngon hơn rất nhiều, mỗi lần

nhìn thấy cơm nhật,

Tôi lại nhớ đến ánh mắt rung động Của

Cô giáo âm nhạc.

낭송 2학년 박현주

나와 나, 그 사이

성힘찬

나와 나 사이에는 무엇이 있을까

다른 이의 조언? 무언가의 경험?

.

.

.

아니다
나와 나 사이에는 그저 나밖에 없다

그러니 너와 너, 그 사이에도
너를 채워라

낭송 3학년 성힘찬

私と私、その間

私と　私の　間に　何が　あるのか

他の　人の　アドバイス？　何かの　経験？

＊

＊

＊

違う
私と　私の　間には　ただ　私しか　いない

だから　あなたと　あなた、その　間にも
あなたしか　いない

낭송 2학년 이유로

길고양이 이야기

이다인

길고양이들이 하나둘 생겨났어요
길고양이들을 예뻐하는
사람들이 나타났어요
그 사람들은 고양이들에게
밥과 물을 주었어요
그러자 고양이들이 새끼를 낳아
너무 많아졌어요
고양이에게 피해를 입는 사람들이 생겼어요
어떻게 하면 좋을지 사람들이 모여서 의논을 했어요
길고양이들에게 중성화수술을 하기로 했어요
더 이상 길고양이가 늘어나지 않고
잘 지낼 수 있었어요

낭송 3학년 이다인

A Story of Alley Cats

Alley cats appeared one by one.
People loving the cats showed up
They gave the cats food and water.
Then the cats gave birth
To become too much
There were people who were harmed by the cats.
They gathered together and discussed what to do.
They decided to neuter the cats.
The number of the cats is no longer increasing.
People are able to get along well with alley cats.

낭송 3학년 김성실

요즘 아프십니까?

천동주

요즘 어디가 아프십니까?
요즘 다리가 아프십니까?
요즘 목이 아프십니까?
요즘 등이 아프십니까?
요즘 돈이 없어서 병원을 못 가십니까?
요즘 병원을 많이 가십니까?
그러면 저한테 오십시오
제가 파스를 붙여 드리겠습니다
단 오실 때 파스는 필히 갖고 오시기 바랍니다

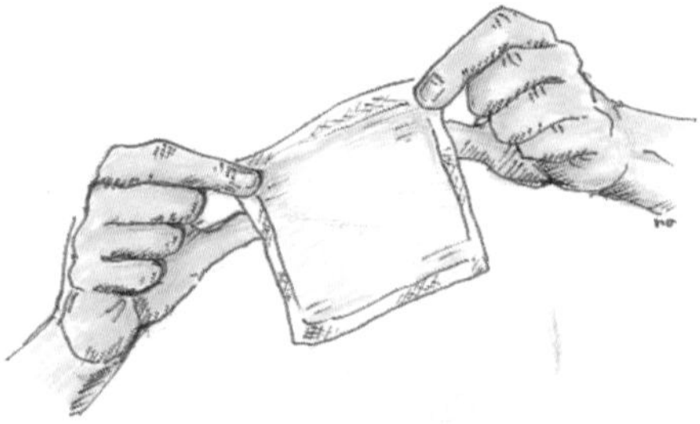

낭송 3학년 천동주

Dạo này bạn ốm à?

Dạo này bạn bị đau ở đâu?
Dạo này chân bạn có đau không?
Dạo này bạn có bị đau họng không?
Dạo này lưng bạn có đau không?
Những ngày này không thể đến bệnh viện
vì không có tiền?
Dạo này bạn cò đến bệnh viện nhiều không?
Sau đo đến với tôi
Tôi sẽ đán một miếng thuốc dán cho bạn
Tuy nhiên, hãy nhớ mang theo miếng thuốc
dán khi đến

낭송 2학년 이봉호

2. 마음으로 읽는 시

눈사람의 시간 외 1편

김선경

동글동글 굴리며
눈 덩어리 되어 본 시간
어떻게 될지 알 수 없는
생각의 시간
한 시간 두 시간
지날수록
사라져가는 눈 덩어리

단단한
눈 덩어리가
점점 물렁한
물이 되는

지금 나는
눈사람의 시간

Thời gian của người tuyết

Xoay tròn và trở thành cục
tuyết, thời gian không thể
biết được sẽ như thế nào
Một giờ hai tiếng trôi qua,
những cục tuyết dần biến
mất

Mắt rắn chắc
trở thành
nước từ từ
mềm ra

Bây giờ là thời gian của người tuyết

1

나는 1이 싫다
왜냐하면 1학년 때 1번,
2학년 1번, 3학년 때 1번,
4학년 때 1번, 5학년 때 2번,
6학년 때 1번, 중 1학년인 지금도 1번
이렇게 5학년 빼고는 전부
1,1,1,1,1,1
그래서 젓가락 같은 1이 싫다

1

私は　１が　嫌いだ

どうしてかと言うと　1年生の時に　1番

２年生　1番、３年生の時も　1番

４年生の時も　1番、５年生の時は　２番

６年生の時も　1番、中学１年生になった今も　1番

５年生の時を　抜かして　全部

１．１．１．１．１．１．１

だから　お箸みたいな　1は　嫌いだ

검은 개 외 1편

김유성

개가 월월 풀밭을 돈다
기둥에 대고 싸는 검은 똥
밥 먹다 말고 먼 산 보는 검은 눈
검게 날아가는 까마귀
오늘 하루도 월월 짖고 거뭇거뭇
개똥 같은 하루가 뭉개진다

黒い犬

犬が　ワンワンと　草原を走りまわる
柱に　向かってする　黒い　うんち
ご飯を　食べながら　遠くを見る　黒い目
黒く　飛び立つ　カラス
今日　1日も　ワンワンと　吠えてガタガタと
つまらない　一日が　過ぎていく

개소리

개가 짖는 시간이 있어요
저기 가도 개소리
여기 가도 개소리

아마 많이 화나 있고
투덜투덜거리는 거 같아요

우리 집
뒷마당에서
혼자 노래 부르다가

사람이 오니까
심하게 짖어
개소리를 내요

The Dogs Barking Sound

It is the time dogs are barking
Dogs barking sound over there
Dogs barking sound here too

Maybe they are very angry.
Maybe they are grumbling.

In the backyard of my house,
My dog is singing alone.
Strangers coming up to him,
He starts to bark excessively.

143(I love you) 외 1편

박해미

143이라는 숫자를 좋아한다
그 이유는 143이라는 숫자에는
숨은 비밀이 있기 때문이다
143이라는 숫자에는
사랑해라는 의미가 숨어 있기 때문이다

내 마음 알지
143

143(I love you)

１４３と言う　数字が　好きなんだ
その　理由は　１４３っていう
数字の　中には
隠された　秘密が　あるからだ
１４３と言う　数字の　中には
愛してる　と言う　意味が
隠されているからだ

私の　気持ち　知ってるでしょ
１４３

고라니

고라니를 본 적 있는데
아주 크고 무섭더라
술에 취한 듯
소리를 아주
악악 지르더라

고라니는 혼자 숲속에서
화가 많이 난 듯
괴성을 지르다가
산에서 몰래 살금살금 내려오다
갑자기 소리 악악 지르더라
조금은 귀엽더라

The Elk

I' ve ever seen an elk,
Very big and scary,
Looking drunk,
Screaming very loudly.

He was alone in the forest,
Screaming in angry.
Sneaking down the mountain down,
He started screaming loudly.
How so cute he was!

개 꼬리처럼 외 1편

이예린

답답한 학교에서
거울 속 나를 보니
온몸이 축 처져 있는 채
힘들어하는 나
그런 나를 힘들지 않게 해주고 싶다

나는 나를 꼭 끌어안고
나를 위로했다

지나가는 개 꼬리가 축 처져 있는 것처럼
위로가 되지는 않았지만
조금은 아주 조금은 나아졌다

개 꼬리만큼

Giống như đuôi chó vậy

Trong một ngôi trường ngột ngạt, khi nhìn
thấy tôi trong gương, tôi cảm thấy mệt
mỏi và kiệt sức.
Mình muốn làm cho bản thân
không thấy mệt mỏi

Tôi ôm chặt lấy tôi và an ủi tôi

Nó không an ủi được như đuôi chó đi
ngang qua, nhưng nó
đã khá hơn một chút.

bằng đuôi chó

고라니

고라니를 본 적은 있지만
다시 보고 싶지는 않다

어디 있는지는 모르지만
기쁜 환호를 하는 것처럼 소리치고
어디 있는지는 모르지만
괴로움을 소리치는 것 같고
보고 싶지는 않지만
나를 대신해 소리쳐주는 것만은 고맙다
수학 문제가 풀리지 않아
소리쳐주는 것만은 고맙다

The Elk

I've seen an elk before,
I don't want to see him again.

I don't know where he is,
Shouting cheering with joy.

I don't know where he is,
Screaming out in pain.

He shouts on my behalf.
When I can't solve a math problem.

Even if I don't want to see him again,
I want to say "Thank you!" to him.

원주율 외 1편

이정인

3.14159265358979323 8....

끝도 없는 파이(π)
반복도 되지 않는
숫자들

내 인생도
파이(π)처럼
끝도 없이 보단
반복되지 않는
하루하루가 되면
재밌을 거 같다

The Circumference

3.14159265358979323 8....

π

The numbers

Never repeated

Never ending.

Like π

My life

Never repeated

Never ending.

It seems fun

말

난 KIN겁게
깝치다
친구가 나에게
정신 사납다
하였다

나는 좌절하였다
OTL

지금 여기에는
못 알아들을 수도 있는
말이 있다

이렇게 알아듣기 힘든 말들이
점차 늘어나고 있다

앞으로의 날들이

어떻게 변할까?

Lời nói

Mình là KIN vui vẽ
Hay đùa giỡn
Bạn mình nói với mình là
Tinh thần Không tỉnh táo

Tôi đã rất thất vọng
OTL

Bây giờ ở đây có một câu có thể không hiểu được

Những từ khó hiểu như thế này đang dần tăng lên

Những ngày sau này sẽ thay đổi như thế nào?

밤 외 1편

한연수

하루가 길다고 느껴질 때
그럴 때마다 밤만 기다린다
왜 밤이 기다려지냐고?
밤공기를 들이마시며 밤 산책도 하고
과자봉지를 뜯으며 영화도 보고
분위기 좋은 조명 켜고 노래도 듣고
개굴개굴 울어대는 여름 가득 개구리 노래 듣고
그러다 이제 자려 하면
해가 뜨는 모습이 일품이라서
밤이 좋다

Đêm

Mỗi khi cảm thấy một ngày dài thì chỉ chờ đến đêm thôi
Sao lại chờ đến đêm à?
Vừa hít thở không khí ban đêm vừa đi dạo buổi tối,
mở túi bánh kẹo,
xem phim,
bật đèn lên nghe nhạc và nghe bài hát của ếch kêu lạch cạch.
Bây giờ nếu định ngủ thì hình ảnh mặt trời mọc thật tuyệt vời.

4

4는 사람들이 불행의 숫자라고 부른다
난 그렇게 생각 안 한다
4는 나에게 특별한 숫자이다
내가 좋아하는 애 번호가 4일 때
일찍 가야 하는데 대기 번호가 4일 때
친한 친구 생일이 4월일 때
4는 불행의 숫자가 아닌
특별한 숫자
꿋꿋이 자신의 자리를 지키는 숫자

4

4は　人々は　不幸な　数字と呼ぶ
私は　そうは　思わない
私にとって　4は　特別な　数字
好きな子の　番号が　4
早く行かないと　いけないのに　待機番号が
4
親友の誕生日が　4月
4は　不幸な　数字ではなく
特別な　数字
いつも　私の　居場所を　守ってくれる
数字

청소 외 1편

구효선

과학실 바닥에 둥, 하고 떨어져 있었다
초록색이 보여서 뭐지?
가까이 가보니 개구리였다
먼지에 둘러싸여서
툭툭 쳐 보니까 살아있었다
꿈틀꿈틀 팔과 다리를 움직이는데
청소하다가 소리 지를 뻔했다
어떻게 온 건지 궁금했지만
청소를 빨리 끝내야 해서
힘겹게 창문 밖으로 내보냈다
(내보내는데 5분은 걸렸다)
거미가 나온다든가 무당벌레가 나온다든가
깜짝깜짝 놀란 일이 많다
공부에 관심 많은 벌레는 왜 시골에만
있는지

掃除

科学室の　床に　何か　落ちていた
緑色が　見えるんだけど　何？
近くに　行ってみたら　カエルだった
ホコリ　まみれで
よーく見てみたら　生きていた
ゆらゆらと　腕と足が　動くから
掃除中だけど　叫びそうになった
どうやって　来たのか　不思議に　思ったけど
掃除を　早く終わらせないと　いけないから
苦労して　窓の　外に　出した
（出すのに５分はかかった）
蜘蛛が　出てきたり　てんとう虫が出てきたり
びっくり　する事が　多い
勉強熱心な　虫達は　何で　田舎にだけ
いるんだろう

미움

내 삔 발목을 보고
"꾀병 아니야?"
라고 묻던 네가 미웠다

사실 아주 조금은 맞지만
계속해서 묻는 네가 미웠다

걱정은 안 하고
계속 묻기만 하던 네가
미웠다

Ghét

Tôi ghét bạn hỏi,
"Không phải là giả bênh khi nhìn vào
Mắt cá chân bị bong gân của tôi sao?"

Sự thật là đíng một chút
Nhưng tôi ghét bạn liên tục hỏi.

Tôi không lo lắng
Mà chỉ ghét bạn ví cứ hỏi tôi liên tục.

시험 외 1편

김규리

딩동딩동
시험지를 받은 나는
재빠르게 풀었다

OMR카드 별로 없으니까
신중히 써!

그 말을 들은 나는
손이 떨린다
긴장된다

시험치는 것보다
OMR 체크하는 게
나는 더 힘들다

試験

キンコンカンコン

試験用紙を　受け取った　私は
素早く　解いた

OMR カードが　あまり　ありません
慎重に　解かないと！

その　言葉を聞いて　私の
手は　震えた
緊張する

試験を　解くよりも
OMR の　チェックをする方が
私は　もっと　大変だ

북극곰

내 몸 네 배만 한 크기,
커다란 몸을 가진
북극곰은 어디에서 살까요?

빙하나 추운 곳에서 살고요
북극곰이니까 북극에서도 살아요

빙하가 없는 낯선 곳,
텅 빈 북극

빙하가 남아 있을 때까지만
산대요

Gấu Bắc Cực

To gấp bốn lần cơ thể tôi,
Với thân hình to lớn
Gấu bắc cực sống ở đâu?

Gấu bắc cực sống ở sông băng hoặc những
nơi lạnh giá,
Vì nó là gấu bắc cực
Cũng sống ở Bắc Cực.

Ở một nơi xa lạ không có sông băng,
Bắc cực trống rỗng
Họ nói rằng chỉ sống cho đến khi nào còn
lại tặng bằng

초승달 외 1편

김민재

어라? 오늘은 달 모양이 이상하네
누가 숟가락으로 파먹은 거 같아
마치 배스킨라빈스31 아이스크림처럼
아하! 옆집 리옹이가 배고파서
파먹었나 보네

Trăng lưỡi liềm

Hả? Hôm nay hình mặt trăng kỳ quá
Hình như có ai đó đã dùng muỗng múc ăn,
giống như kem Baskin Robbins 31 á ha! Hì
nh như nhà bên cạnh Lyon đói bụng nên mới
ăn thì phải

나뭇잎

나무에서 떨어지는 걸 보니
마치 집에서 떨어져 나온 것 같다

왠지 모르게
쓸쓸해 보였다

Leaves

I see the leaves falling from the trees
They seem to be out of the house.

For some reason
they look lonely

지난 2주 동안 외 1편

박나현

지난 2주 동안 벚꽃이 피고 벚꽃이 다 졌다!
분명 저저번주만 해도 벚꽃이 가득했는데
오늘 아침에 등교하면서 보니 벚꽃이 우수수 떨어지고 없고
초록색이 조금씩 보이기 시작했다
초록색과 분홍색 하얀색
두 주가 다 졌다

Trong 2 tuần qua

Hoa anh đào nở rộ trong 2 tuần qua và
hoa anh đào đã tàn! Rõ ràng
tuần trước hoa anh đào nở rộ nhưng
sáng nay đi học, thấy hoa anh
đào không rụng mà bắt đầu có màu xanh
lá cây.
Xanh lá cây và hồng trắng hết 2 tuần.

나의 꿈

나의 꿈은 다재다능한 사람
우수한 성적을 가지고
간호학과를 진학하는 것
일은 일대로 하며
취미생활을 제대로 갖는 것
누군가와 갈등이 생기고
누군가와의 첫 만남에도
사람을 잘 다루고 알아주는
그런 다재다능한 사람

私の夢

私の夢は多彩な人になりたい。
優秀な成績で、
看護学科に進学をし、
仕事を上手にやりこなしながら、
趣味も生かしたい。
誰かと葛藤が生じても、
誰かと初めて会っても、
その人と仲よくし、配慮することができる、
そんな人になりたい。

소통 외 1편

박재현

나는 티끌 하나 없는 깨끗한 유리창
하, 하고 입김 불어 봐도 손자국 하나 없는
맑은 유리창

겉으론 아무 문제 없는
샘물 같은 유리창

하지만 나는
부러워

티끌이 잔뜩 묻은 맞은편 저 유리창
손자국 얼룩덜룩 묻힌 옆 유리창

깨끗한 흰 수건 들고
사람들 모여있는

더러운 유리창

부러운 유리창

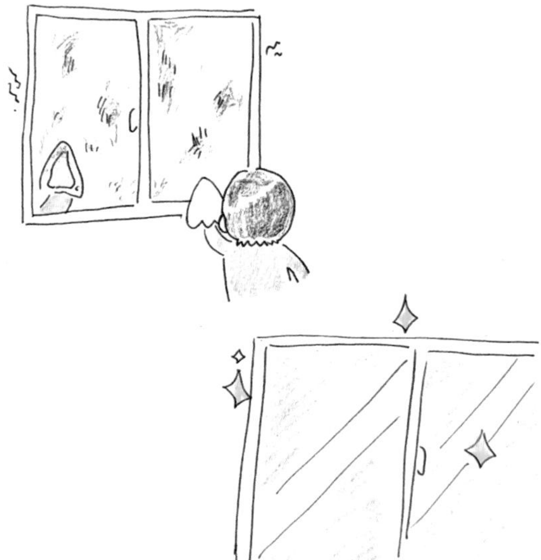

The Communication

I am a spotless, clean window
Even if people blow 'ha'
I am a clean window with no handprints

Seemingly no problem
I am clean window like spring water

But
I envy them.

The opposite windows is covered in dust,
The side window is covered with speckled handprints, ..

Where people gather holding clean white towels

I envy the dirty windows.

비

낡은 가로등 밑
고양이 한 마리가
고요한 빗소리에
숨죽여 있다

외로이 있는 고양이
친구 되려
저 먼 하늘에서 왔다

고맙다고
고양이가 핥아 준다

Mưa

Một Con mèo dưới cính đèn
Đường củ đang nín thở
Trong tiếng mưa yên tính.

Tôi đến từ, bầu, trời xa xôi
Để Trở thành bạn mèo cô đơn

Con mèo liếm tôi
Cảm ơn tôi vì điều đó.

'나' 란 연필 외 1편

박현주

나는요 열다섯 평범하지 않은 색다른 연필이에요
다른 사람과 같지 않은 색다른 이야기를 써 내려가는 연필
마침표가 아닌 쉼표를 찍는 연필이요

치킨, 햄버거보다 떡볶이가 훨씬 좋고요
딸기, 바나나 스무디보단 블루베리 스무디가 좋아요. 그리고
마침표보단 쉼표가 좋고요

나는 키가 작고 덩치도 작지만
새로운 이야기를 써 내려가는
특별한 연필이에요

The Pencil Called 'I'

I am a 15-year-old unusual pencil,
Who writes a unique story different from others.
Who marks commas, not periods.

I like tteokbokki much more than chicken or hamburgers,
Blueberry smoothies better than strawberry or banana smoothies,
And commas better than periods.

Although short and small,
I am a special pencil,
Who writes new stories.

김치는 친구

김치는 친구가 참 많아
고구마랑도 친구고 밥하고도 친구고
라면과는 찐친이래

호호 불어먹는 고구마에 김치 얹어서
후후 따뜻한 밥에도 김치 얹어서
후루루룩 먹는 라면에도 김치 얹어서

김치만 한 친구는 더 이상 없어

キムチは友達

キムチは友達がとても多い
さつま芋と友達　ご飯とも友達
ラーメンとはもっと友達だって

ホーホー吹いて食べるさつま芋にキムチのせて
フーフー温かいご飯にもキムチのせて
ズルズル食べるラーメンにもキムチのせて

キムチほど合う友達は他にいない

6교시 외 1편

신동역

3월 2일 개학했다
오늘은 4월 3일 지금 집에 가고
싶다아아아아아아아아아
아아아아아아아아아아아
아아아아아아아아아아아
아아아아아아아아아아아
6교시 아아아아아아아
아아아아아아아아아아아
깨끗해아아아아아아아아
아몬드아아아아아아아아
집에 가고 싶다

Tiết thứ 6

Khai giảng vào ngày 2 tháng 3
Hôm nay là ngày3 tháng 4 bây giờ
mình muốn Về nhà
Áaaaaaaaa
Áaaaaaaaa
Áaaaaaaaa
Áaaaaaaaa
Tiết thứ 6 Áaaaaaa
Áaaaaaaaa
Sạch sẽ quá Áaaaaaa
Quả hạnh nhân Áaaaaaa
Tôi muốn về nhà

시험

시작이반
작심삼일
이삼일해
반일해봐

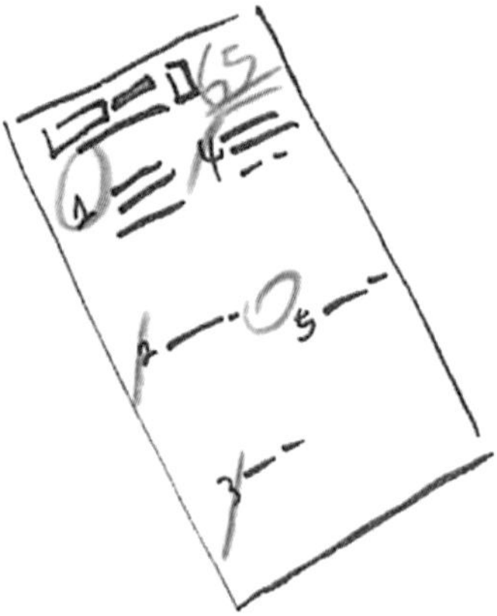

Exam

Well begun is half done.

A resolution good for only three days

Try for two or three days

Try for half a day

강아지와 산책을 외 1편

엄다희

우리 학교 강아지들은
나만 보면 밥 달래요
밥을 다 먹고 나선
산책해 달래요
목줄을 매고 뛰어나가면
시원한 바람이 반겨 줘요
강아지와 함께
운동장을 힘껏 뛰어요
빙글빙글 여러 바퀴 돌다 보면
금방 힘이 들어요
그래도 너무 즐거워요
강아지와 함께 뛰어놀 수 있어서
마음껏 마음을 나눌 수 있어서

犬と散歩

学校の犬達は
私を見ると　ご飯を頂戴と言う
ご飯を食べ終わると
散歩に行こうと言う
首輪をつけて走り出すと
気持ち良い風が迎えてくれる
犬達と一緒に
運動場を思いっきり走る
ぐるぐる　何周も走る
すぐに　疲れちゃうけど
とても　楽しい
犬達と一緒に　走って遊べて
思う存分　彼らと心を分かち合えるから

내 배는 배꼽시계

점심시간이 되면
배에서 소리가 울린다

꼬르륵 꼬르륵

알람이 울린다

언제나 정확한
배꼽시계

Dạ Dày Của Tôi Là Một Chiếc Đồng Hồ Rốn

Khi đến giờ ăn trưa,

Âm thanh vang vọng trong bụng tôi.

Bụng sôi ùng ục

Chuông báo reo

Bắt cứ lúc nào

Đồng hồ bừng cùng chính xác.

나 자신 외 1편

이리옹

나는 나무이다
하나도 똑같은 게 없기 때문이다
무늬 모양 가지 방향 잎 개수
소나무, 감나무, 단풍나무
다 다르기 때문이다

Bản thân mình

Tôi là cây
Bởi vì không có cái nào giống nhau cả
Bởi vì số lượng lá có hình dạng hoa văn
Cây thông, cây hồng, cây phong
Bởi vì tất cả điều khác nhau

무엇이든 높게

꿈도 높게

나아가는 것도 높게

나무도 높게 집도 높게

순위도 높게

학교도 높게

높으면 높을수록 좋다

Anything Higher

Dream high

Going high

Trees are high, houses are high

Rank high

School high

The higher the better

‘나’ 가 아닌 나 외 1편

이봉호

나는 무서운 게 거의 없어요
위험하다 싶은 건 안 하니까요

나는 손이 예쁘고, 그림 그리는 걸
좋아하고, 공부하는 것도 좋아해요

하지만 나는,
‘나’ 가 정말 나인지 몰라요

하루에도 몇 번씩
‘나’ 라는 것의 정의가 바뀌거든요
난 불안해요
이대로 영영 ‘나’ 가 아닌
내가 될 것 같아서요

그래도 다들 '나'를 찾아냈으니까
지구에 존재하는 거겠죠?

그럼 나도 '나'를 찾아낼래요
앞으로도 여기에 존재할 수 있게 말이죠

Me, Not 'Me'

I'm scared of nothing
Never doing anything that is dangerous.

I have pretty hands,
I like to draw,
I also like studying

But I don' t know
If I am myself or not.
Several times a day
The definition of myself is changing.
I'm scared
I feel like I will never be myself.

Everyone found themselves

They live their lives well.

Then I will find myself, too

I can also live my life well.

팝콘의 친구들

톡톡 터지는 팝콘
톡톡 터지는 조팝꽃 닮았어

활짝 핀 팝콘
활짝 핀 벚꽃 닮았어

톡톡 터지는 팝콘
활짝 핀 팝콘
자그마한 꽃이 닮았어

셋이서 친구인가 봐
정말 닮았어

ポップユーンの仲間たち

弾けるポップユーン
弾けるケシの花のよう

満開に咲いたポップユーン
満開に咲いた桜の花のよう

弾けるポップユーン
満開に咲いたポップユーン
小さな花のよう

三人は友達に違いない
彼らは本当にそっくりだから

에너지 외 1편

이유로

장난감은 건전지
자동차는 기름
핸드폰은 전기
인간은 비타민
나는 고기

Năng lượng

Đồ chơi là pin
Xe hơi là dầu
Điện thoại di động là điện cơ
Con người là vitamin
Mình muốn ăn thịt

비 오는 날

비 오는 날은
워터파크 물놀이 같다
아버지가 키우는
옥수수, 딸기, 방울 토마토가
신나게 물놀이 중이다

A Rainy Day

A rainy day

It's like playing in a water park

Raised by father

Corn, Strawberries, and Cherry Tomatoes

Having fun in the water

우리 모두 찰칵 찰칵 외 1편

이채원

찰칵찰칵
눈이 부신다
사진 찍을 때 눈이 감기면 어쩌지?

찰칵찰칵
살이 다 타버릴 것 같다
살이 갈색이 되면 어쩌지?

찰칵찰칵
억지로 웃어야 된다
바보처럼 나오면 어쩌지?

찰칵찰칵
사진을 보니
망했다

혼자 눈 감았다

みんな一緒にパチパチパチ

カチカチカチ
目が　くらむ
写真を　撮る時　目を瞑ったら　どうしよう？

カチカチカチ
お肉が　焦げそう
お肉が　茶色に　なったら　どうしよう？

カチカチカチ
無理矢理に　笑わないと
バカみたいに　映ったら　どうしよう？

カチカチカチ
写真を　見て
落ち込んだ

私一人　目を閉じていた

줄넘기

한 번 더 뛰고
두 번 더 뛰고
세 번 더 뛰고

음악에 맞춰
돌리는 사람 두 명
돌아가는 사람 한 명
돌아가는 사람 두 명
돌아가는 사람 세 명
돌아가는 사람 네 명

한 번 걸리고
두 번 걸리고
세 번 걸리고

돌아가는 줄

다같이 호흡이 척척

마음이 하나로 돌아가는

Nhảy Dây

Nhảy thêm lần nữa
Nhảy thêm 2 lần nữa
Nhảy thêm 3 lần nữa

Nhảy theo nhạc
2 ngựa xoay vòng
Một người quay lại
2 người quay lại
3 người quay lại
4 người quay lại

Bị dính 1 lần
Bị dính 2 lần
Bị dính 3 lần

Mọi người điều hô hấp rất tốt

Trở thành một tấm lòng

씨앗 외 1편

전효은

나는 씨앗
새싹도 나지 않은
나는 씨앗

나는 어떤 씨앗인지 모르고
어떤 꽃인지 모르고
어떻게 자랄지
아니면
계속 필지 않을지

나는 씨앗
어떻게 될지 모르는
나는 씨앗

다른 씨앗들과

달라도

나는 씨앗

혼자만 씨앗이라도

나는 씨앗

혼자라도 씩씩한

나는 씨앗

種

私は　種
芽も　出ていない
私は　種

私は　どんな　種か知らずに
どんな　花かも知らず
どんな風に　成長するかも
それとも
ずっと　咲かないか。。。

私は　種
どうなるか　わからない
私は　種

他の種と　違っても
私は　種

たった一つの　種でも
私は　種
たった一つでも　逞しい
私は　種

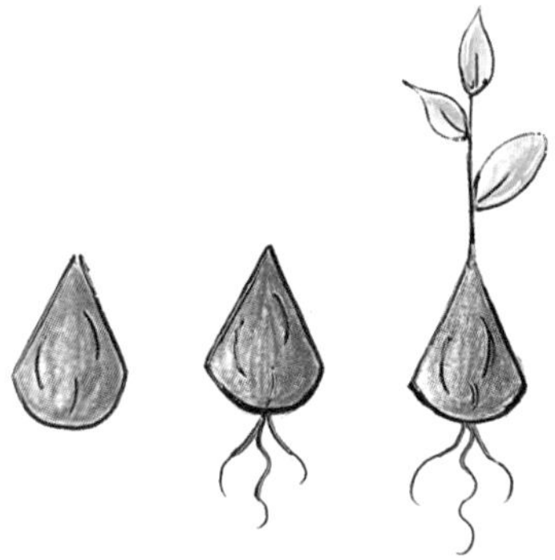

나만의 세상

내 이상한 꿈
위험한 생각
아무도
모르게 피어나는 곳

그곳은
시간이 그대로인 곳

나비가 되고
꽃이 되는 곳

Thế Giới Của Riêng Tôi

Thế giới của riêng tôi

Đó là một nơi
Nơi tôi có những giấc mơ kỳ lạ và những suy nghĩ nguy hiểm
Điều đó không ai biết về.

Đó là một nơi
Nơi thời gian không trôi.

Đó là một nơi
Nơi tôi trở thành một con bướm và một bông hoa.

달 외 1편

정성환

달은 매일 모양이 변하지만
달빛 색은 변하지 않는다
나도 겉은 변해도
속은 변하지 않는
달처럼 되고 싶다

The Moon

The shape of the moon
Changes every day,
The color of the moon
Never changes
My outside
Changes every day,
My inside
Never changes
I want to be
Like the moon

비

매우 세게
꽹과리 소리가 나요

여리게 두드리는
북소리가 나요

매우 여리게 두드리는
장구 소리가 나요

합주 소리가 나는
비

비가 사물놀이를 해요

雨

とても大きなケンカリの音
か弱く叩く太鼓の音
とってもか弱いジャングの音
アンサンブルの音を奏でる雨
雨がサムルノリをしています

따뜻한 달 외 1편

제예은

매일 밤에
나타나서
별들에게
도움을 주는 달
별들이
어둡다고 하면
따뜻한 빛을 줘서
빛나게 해주고
별들이 무섭다고 하면
묵묵히
그 옆을 지켜주는
마음이 따뜻한
달

The Warm Hearted Moon

Every night
Showing up to the stars,
The moon helps them

If they say "it's very dark,"
You give them warm light,
Keep them in the bright light
If they say "we are very scared,"
You silently stay with them

The Warm hearted moon

육상선수

잘 달려

힘든 내색도 안 하고 계속 달려

시간은

시간은

육상선수가 되고 싶나 봐

a track and field athlete

It runs fast

It doesn't show any hardship and keeps running.

Time is

Time is

Likely to want to be an athlete.

비타민 외 1편

지도영

보이지 않지만
주변에 있고

한 번에 한 알씩
일회용품

없으면 힘들어지는
어른들의 커피처럼

ビタミン

見えないけど
周辺にあって

一回に一粒
使い捨て用品

無かったら　辛くなる
大人のユーヒーのように。。

내려간다

내려간다
올라가려고 발버둥 칠수록
내려간다

다시 올라갈 방법은
내려가는 것
끝없이 내려가는 것

더 높게 올라가기 위해
바닥까지 내려간다

바닥을 치고 다시!
바닥을 딛고 다시!

Go Down

Go down
The more I struggle to get up
Go down
How to get back up
Going down
Going down endlessly.
To climb higher
Go down to the floor
Hit the floor again!
Back on the floor!

하나 외 1편

최준혁

사진을 찍는다고 귀찮아하던
마음 하나

바람이 불고 꽃잎은 휘날리고
눈은 부시지만 웃는 모습은
또 하나

귀찮다고 툴툴대던 애들도
웃으며 찰칵 소리에
셋, 둘, 하나

사진에 담긴 우리, 그 상황 속에서
우린 모두 하나

현관에 걸린 우리 사진을 보고
선생님의 웃음꽃 하나

사진이 걸리고 우리들의

다짐 하나

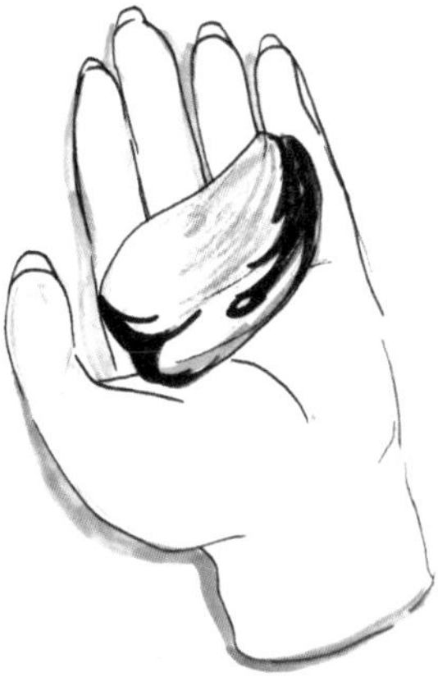

一つ

写真を　撮るのが　めんどくさかった
心が　一つ

風が吹いて　花びらが　舞い散り
目はつぶるが　笑顔は一つ

めんどくさいと　騒いでいた子供達も
笑いながら　カチカチと言う音に
さん　に　いち

写真に映る私達　その写真の中で私たち
皆んなは　一つ

玄関に　飾られた　私たちの写真を見て
先生の笑顔が一つ
かかっている写真。。 私たちの決意が一つ

겨울밤 이웃들

눈 내리는 겨울밤 하늘 아래
참새 한 마리
추운 담벼락을 지나
지렁이 하나 물어간다

어두운 밤길 길갓집 불도
부족하다고 생각한 반달이
개울에 있는 절반
도로 가져간다

어두운 골목길 노란빛
맴돌아 나가고
고양이와 나무
숨죽여 준다

Những Người

Dưới bầu trời đêm đông đầy tuyết
Một con chim sẻ
Qua bức tường lạnh
Cắn một con sâu

Trong đêm tối một nửa vầng trăng
Người ta nghĩ rằng lúa nhà bên lề đường
Cũng thiếu mang theo một nửa con đường

Nó lượn lờ trong ánh vàng tiền
Con đường hẻm
Tối tăm và làm cho méo và cây cối
Nín thở

캠핑 외 1편

김령승

주말에 우리 가족은 캠핑장에 간다
엄마는 고기를 굽고
언니는 마시멜로우를 굽고
나는 채소를 씻고 설거지를 한다
불멍도 함께하고 영화도 같이 본다
봄에는 꽃구경
여름에는 물놀이
가을에는 단풍놀이
캠핑 가는 주말이 기다려진다

Cấm trại

Cuối tuần gia đình tôi đi cấm trại
Mẹ nướng thịt
Chị thì nướng kẹo dẻo
Còn tôi thì rửa rau , rửa bát
Cùng nhau nhóm lửa cùng nhau xem phim
Vào mùa xuân thì ngắm hoa
Mùa hè thì chơi nước
Mùa thu thì ngắm lá vàng
Thật là mong chờ đến cuối tuần để đi cắm trại

강아지들

바우 자두 키위를 처음 본 날
너무 펄쩍펄쩍 뛰어서 놀랐다
그렇지만 지금은 참 귀엽다
밥 주고 물도 주고 똥도 치우고
같이 놀고 산책하고 간식도 챙겨줬다
오늘도 나를 보며 꼬리를 흔든다

犬達

バウ　アンズ　キュウイ　初めて　会った日
あまりにも　飛び跳ねて　駆け寄ってきたから
驚いた
だけど　今は　とっても可愛い
ご飯を　あげて　うんちを　片付けてあげて
一緒に　遊んで　散歩に　行って　おやつも
あげて
今日も　私を見つけたら　尻尾を　振るんだ

싶었다 외 1편

김성실

살아보고 싶었다
살아남고 싶었다

하루에도 수없이
스스로를 절벽으로 몰아세웠지만

죽음 앞에선 살아보고 싶었다
내일의 아침을 보고 싶었다

Muốn

Muốn sống thử
Muốn sống sót

Dù chỉ một ngày cũng không thể
Mình đã tự đẩy mình vào vách đá

Muốn sống thử trước cái chết
Muốn ngắm nhìn buổi sáng của ngày mai

보건실

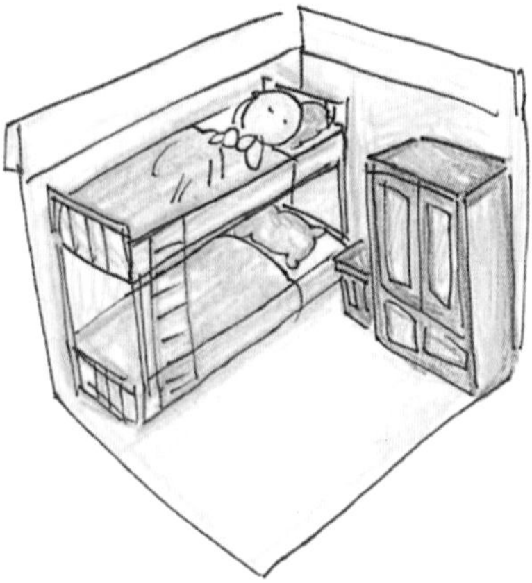

크기가 작고
밀폐된 공간

포근한
침대에 딱 누우면!

내가 침대 속으로 빨려 들어간다

수학이 없고
영어가 없고

푹신한 침대만 있는
보건실

Health Room

Small in size
Enclosed space

Warm
Just lying in bed!

I get sucked into bed.

No math
No english

Only soft bed
Health room

눈 외 1편

박시우

어느 도로 위
나는 어떤 눈이 될지
고민합니다

추운 아이들을 위해
눈사람이 될지
눈 덩어리가 되어 눈싸움이 될지
계속 고민합니다
눈사람이 되면
어떤 말과 어떤 눈을 고를지
눈사람이 되면
어떤 모자와 어떤 목도리를 쓸지
낮이 되어 나는 녹아
어느 도로 위에서 흐를지
고민합니다

나는 어떤 눈이 될지

고민이 많습니다

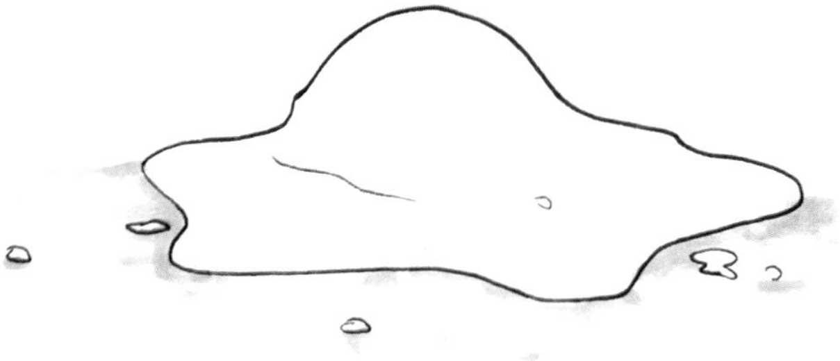

The Snow

On which road
What kind of snow I will be
I'm worried

For kids in the cold,
Whether I will be a snowman
Or a ball of snow in a snowball fight
I keep thinking about.
If I become a snowman,
Which eyes and mouth I will choose
If I become a snowman,
Which hat and scarf I will wear
If I melt as the day comes,
Which road I will flow on
I'm worried
What kind of snow I will be

I'm very worried.

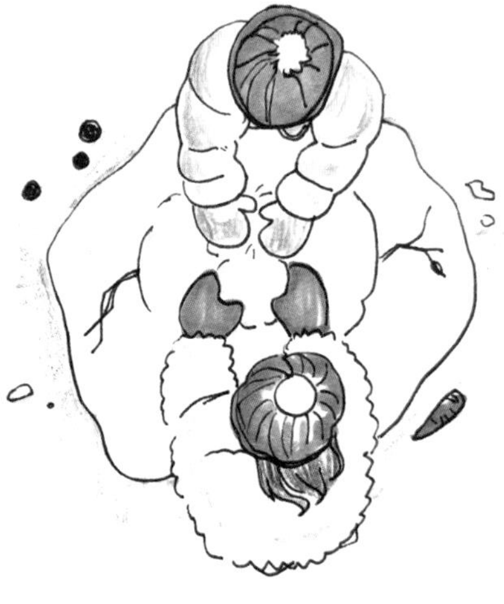

돌

가만히 있는다
먹지 않고
놀지도 않고
보지도 않고
웃지도 않고
싸지도 않고
잠자지 않고
가만히 있는다
.
.
.
그게 바로 나다!

Đá

Ngồi yên nào
Không ăn
Không chơi
Không xem
Không cười
Không đi đại tiện
Không ngủ
Ngồi yên nào
.
.
.
Đó chính là mình!

눈 외 1편

박주환

눈이 내리는 시간
누군가에게 눌리는가
누군가를 누르는가
누군가에게 밟히는가
누군가를 밟는가
눈사람이 되기에 성공하는가
모두에게 주어지는
그 시간 속
내 모습은 정해진다

The Snow

The time snowing
Are you being pressed down?
Are you pressing down?
Are you being stepped on?
Are you stepping on?
A snowman is success?
The time given to everyone
My future decided

교문

마음이 무거워지는
피곤해지는
등굣길

마음이 가벼워지는
개운해지는
하굣길

교문은 참 이상한
놀이야

지금은 다시
마음이 무거워지고
피곤해지네

校門

気持が重くなって疲れが沸く登校の道
気持が軽くなってすっきりする下校の道
校門て　変なところだ
今また　気持が重くなって疲れてきたよ

친구

박현동

아무도 살지 않고 아무도 없는
사막 어딘가의 동굴
혼자 외롭게 살고 있는 선인장
아무도 없는데 왜 가시를 내세우고 있을까?
내가 아는 아이도 친구들은 짝을 찾아 놀고 있는데
이 아이는 혼자 있다
오늘날에 내 친구처럼
그 친구와 잘 되려면
어떻게 해야 할까
그 친구의 어둡고 추운 곳에서 함께 밤이 되어 주는 것뿐

My Friend

No one lives and there is nothing,
A cave in the desert
A cactus living alone
Why is he showing his thorns where no one is around?
My friends are playing together.
He is alone.
Like my friends,
If I want to be his friend,
What should I do
All I can do is to stay with him where he stays.

코발트블루

날씨가 서먹서먹하여
기분이 스윽스윽 넉다운 되어
뭐든지 하기 싫어하는 건
비가 내리기 때문
내 마음에 먹구름이 둥둥 떠 있기 때문

ユバルトブルー

天気がイマイチだ
気分はスーとノックダウンして
何もしたくない
雨が降っているから
私の心に不吉な思いがあるからか。。。

오래 피었다가 내일 지는 꽃 외 1편

성힘찬

알록달록 꽃밭에서
처음 보는 꽃 한 송이가
덩그러니 혼자 피어 있었다
정말 이쁜 꽃이었다

그 꽃은 나를 보자
살짝 미소를 띠었다

그 미소는 내 마음을 사로잡았다
난 그 순간만은 꽃과 함께 했다

다음 날 그 꽃은 이미 지고 없었다
그 자리엔
처음 보는 꽃 한 송이가
덩그러니 혼자 피어 있었다
정말 이쁜 꽃이었다

A Flower Beautifully Bloom, Quickly Fall

In a colorful flower garden,
A flower I' ve seen for the first time
Bloomed all alone.
What a pretty flower.

Looking at me,
The flower smiled slightly,
The smile of which stole my heart.
I was with the flowers just for that
moment

The next day the flower had already
fallen.
Right there,
A flower I' ve seen for the first time

Bloomed all alone.

What a pretty flower.

우리가 바람이라면

우리가 바람이라면
거친 파도 같은
센 바람은 되지 말자

아무리 힘을 가해도
아무 일도 없는 듯
조용히 움직이는
고요한 산들바람이 되자

우리가 바람이라면
허공 속에 맴도는 희망 같은
손짓이 되고
봄이 다가옴을 알리는 듯한
따뜻한 바람이 되자

Nếu Chúng Ta Là Gió

Nếu chúng ta là gió
Thì đừng trở thành gió mạnh
Như sóng dữ

Dù có bao nhiêu lực lượng
Như thể không có gì xảy ra
Di chuyển lặng lẽ
Hãy trở thành làn gió êm đềm

Nếu chúng ta là gió
Như một niềm hy vọng lơ lửng trong
không trung
Trở thành một cử chỉ
Như báo hiệu mùa xuân đã về
Trở thành cơn gió ấm

우리 학교 꽃구경 외 1편

이다인

우리 학교에는 항상 꽃이 피어 있다
봄에는 벚꽃, 목련, 개나리
여름에는 장미, 무궁화, 배롱나무꽃
가을에는 쑥부쟁이, 국화, 코스모스
겨울에는 동백꽃, 눈꽃
사계절 꽃 피는 우리 학교는
참 예쁘다

Ngắm hoa của trường mình

Trường chúng tôi lúc nào cũng nở hoa
Vào mùa xuân thì có hoa anh đào, hoa
mộc lan, hoa kenari
Vào mùa hè thì có hoa hồng, hoa mukung,
hoa sim
Vào mùa thu thì có ngải cứu, hoa cúc,
và hoa cúc vạn thọ tây
Mùa đông thì có hoa trà, hoa tuyết
Trường chúng ta hoa nở bốn mùa
Thật là đẹp

바다

난 여름 바다가 좋다
시원한 바닷물에서 수영하고 잠수도 한다
언니랑 서로에게 물도 뿌리고
엄마랑 하는 공놀이도 신난다
백사장에서 모래성을 만들고
튜브를 타고 파도 위에 있으면
배를 타는 것처럼 출렁인다
나는 여름 바다가 참 좋다

海

私は　夏の　海が　好きだ
気持ち良い　海水で　泳いだり
ダイビングしたり
お姉ちゃんと　一緒に　水の掛け合いっこ
お母さんとする　ボール遊びも楽しい
白い砂浜で　砂のお城を　作ったり
チューブに　乗って　波の上にいると
船に　乗ったように　揺れる
私は　そんな　夏の海が　大好き

오늘 외 1편

천동주

오늘 아침
쌤이 깨우는 소리가 나를 깨운다
일어나, 일어나. 어제 좀 빨리 자지
5분만 더 잔다고 했는데 20분을 더 잤다
그래서 난 아침밥을 못 먹었다
아침을 자주 그른다
그래서 배가 고프다
아침 일찍 일어나겠다고 다짐했다
밥 먹을 생각만 했다

모든 게 다 밥으로 보였다

Today

This morning
Teacher' s wake-up sound wakes me up.
"Wake up! you should have slept early last night."
I was only going to sleep for 5 more minutes,
But ended up sleeping for 20 more minutes.
So I couldn't eat breakfast.
I usually skip breakfast.
So I'm usually hungry in the morning.
I promised myself to get up early starting tomorrow.
I've been thinking about eating breakfast all day.

Everything looked like rice to me.

방

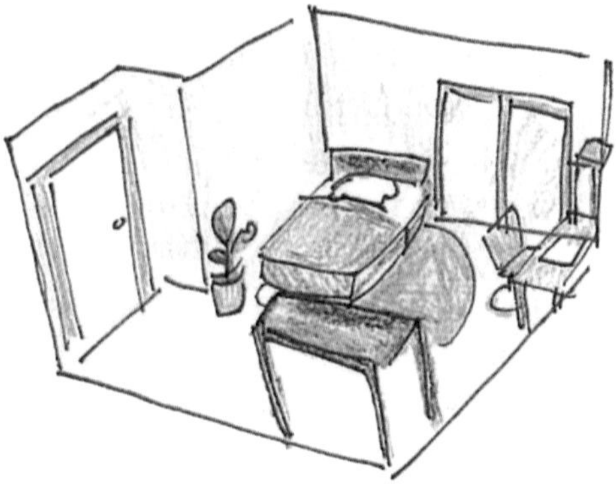

방은 좋다
나 혼자니까
아무도 없기에
방에는
방하고
나하고만 있다
가끔 방해가 되는
소리
그 소리는
사람 말소리
아기 울음소리
혼자 있는
방에 들어오기도 한다

私の部屋

部屋はとても良い

私　独りだから

何もない部屋　私　独りだけ

音

時々私の邪魔をする

あの音

人の音

赤ん坊の泣き声

一人でいる私の部屋に入ってくるんだ

나는 어떤 씨앗일까?

2024년 4월 20일 초판1쇄 발행

지은이 김선경 외 30명 **엮은이** 도진숙 · 박덕희 **펴낸이** 김성민 **편집디자인** 김경자

펴낸곳 도서출판 브로콜리숲 **출판등록** 제2020-000004호
주소 41743 대구광역시 서구 북비산로 65길 36, 2층 **전화** 010-2505-6996 **팩스** 053-581-6997
홈페이지 www.broccoliwood.com **인스타그램** broccoliwood_ **전자우편** gwangin@hanmail.net

 ISBN 979-11-89847-77-7 43810